KB103745

보이지 않는
것들에
대하여

자기치유시집

박병호

박병호의 자가치유 시집

보이지 않는 것들에 대하여

"괜찮아"

세 글자에 다 담을 수가 없는
그 하나하나가

소리를 잃고

갈 길을 잃고

기댈 구석 없이 방황한다.

그래서

한 글자는 한쪽 귀에 담고
다른 한 글자는 반대편 귀에 담으며
마지막 한 글자, 그리고 그 너머에 있는 것들은

내 마음 속에.

.

CONTENTS

2부 함께

3부 위로

괜찮아

여기 두고 가요

바보

선명

보이지 않아도

그때 나에게

오늘도 어김없이

여기 빈 방에서 쉬어가

밤이 되어줄게

물들지 않아도

4부 사랑

chapter 1

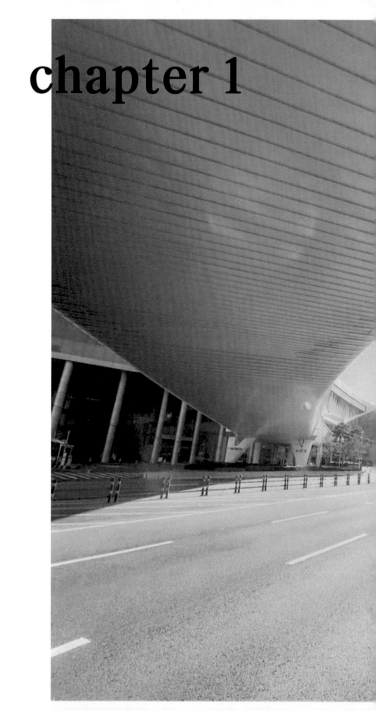

보이지 않는 것들에 대하여

배려

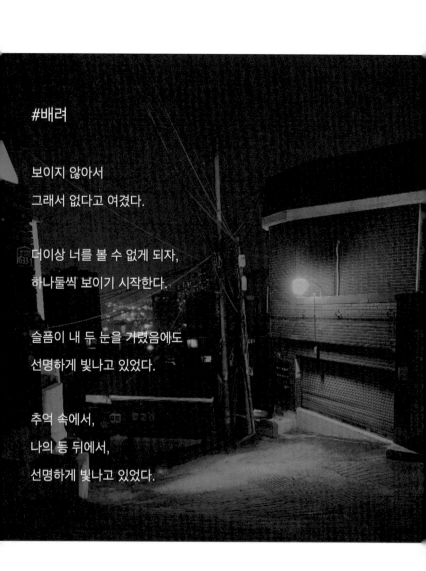

#배려

보이지 않아서
그래서 없다고 여겼다.

더이상 너를 볼 수 없게 되자,
하나둘씩 보이기 시작한다.

슬픔이 내 두 눈을 가렸음에도
선명하게 빛나고 있었다.

추억 속에서,
나의 등 뒤에서,
선명하게 빛나고 있었다.

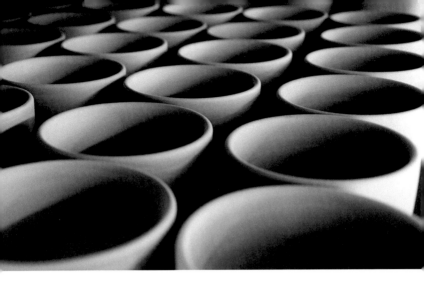

#질그릇

그릇이 작아서
제 입장만 있었습니다

그릇이 좁아서
제 생각만 가득했습니다

그릇이 안 되어서
제 감정에만 치우쳤는데

이물질을 비워내고,
씻고, 닦아내고

그대의 감정을 담아낼
깨끗한 그릇으로 준비하겠습니다

#여전히 너라서 고마워

배려하지 않을 때도 있었고,
무심할 때도 있었지.

때론 이기심에 함부로 대하기도 했고,
도리어 화를 내기도 했었는데

좀처럼 변하지 않는 나에게,
너는 여전히 너로서,

여전하구나

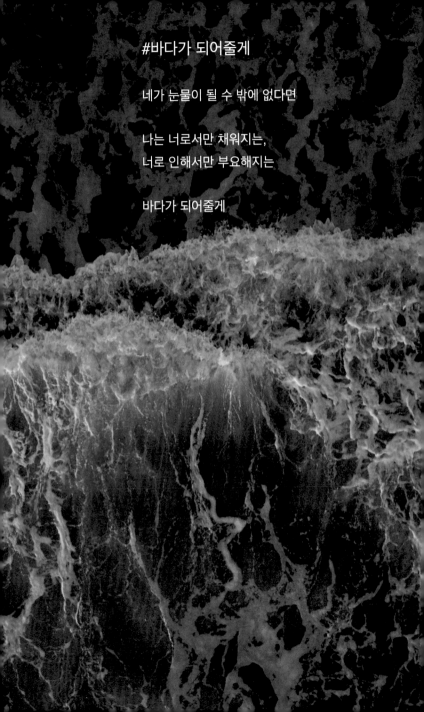

#바다가 되어줄게

네가 눈물이 될 수 밖에 없다면

나는 너로서만 채워지는,
너로 인해서만 부요해지는

바다가 되어줄게

#마음을 이쁘게 접어

커지는 마음을 이쁘게 접어
종이비행기로 날릴 수 있을까

닿을 수 없어도 괜찮으니
훨훨 멀리 저 멀리

가는 데까지, 닿는 데까지
아름답게 나아가길

#넓은 마음 안에

당신의 마음은 참 넓습니다

거기에는
나를 위해 흘린 눈물과 괴로움,
나로 인해서 꽃핀 미소와 즐거움,

하지 말았어야 하는 말과
했어야 하는 말,
그리고 너무도 하고픈 말까지

다 있습니다.

그리고 당신 사랑 안에,
모두 다 있습니다.

.

#의자

심심하지 않냐고 물어봤다
아무런 대답이 없었다

외롭지 않냐고 물어봤다
대답 없이 홀로 거기에 서 있었다

기댈 곳 없어도 괜찮냐고 물어보자
그는 이제서야 대답한다

의자에 앉아서 쉬고 있는 나에게,
나 덕분에 온기를 느끼고 있다며

그래서 지금껏 괜찮았다고
변함없이 자리를 지킬 수 있다고

그는 여전히
아무 말 없이, 홀로, 자기 존재로
대답하고 있었다

#그저 그런 관계

노력하지 않는 관계는
시간이 세차게 불 때

쉽게 날아가 버린다

추억이 있어도
좋은 감정이 있어도

또 다른 내 마음속에
내 이름 새기지 않으면

시간과 함께
쉽게 날아가 버린다

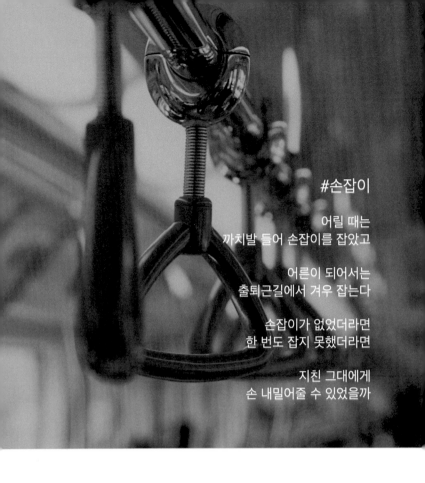

#손잡이

어릴 때는
까치발 들어 손잡이를 잡았고

어른이 되어서는
출퇴근길에서 겨우 잡는다

손잡이가 없었더라면
한 번도 잡지 못했더라면

지친 그대에게
손 내밀어줄 수 있었을까

#귀기울이는 이유

가만히 두 눈을 바라보며
귀기울이면 들립니다

개울물이 촐랑촐랑 흘러가는 소리
그 위에서 물비늘이 신나게 춤추는 소리

그렇게 마음에서 마음으로

흘러가는 소리
춤추면서 다가오는 소리
두 영혼이 박수치는 소리

잔잔하게 귓가에 흐릅니다

chapter 2

보이지 않는 것들에 대하여

함께

#감정을 보듬어주다

마음을 헤집는 여러 단어들

그 하나하나를 적어보면서

예민한 감정을 어루만진다

어린 아이 위로하듯 안아주고

친구에게 공감하듯 들어주고

내 사랑을 격려하듯 토닥인다

감정은 그제서야 감정이 되어

내 영혼 안에서 편히 쉬게 되고

행동으로 하나의 빛깔이 된다

#우리에게 선한 것

내게 보기 좋은 것보다
너에게 더 어울리는 것,

나의 입맛에 맞기보다
우리 입맛을 돋구는 것,

나만 먹고 마시고 즐거운 것보다
우리 함께 한 걸음 내딛으며 웃는 것

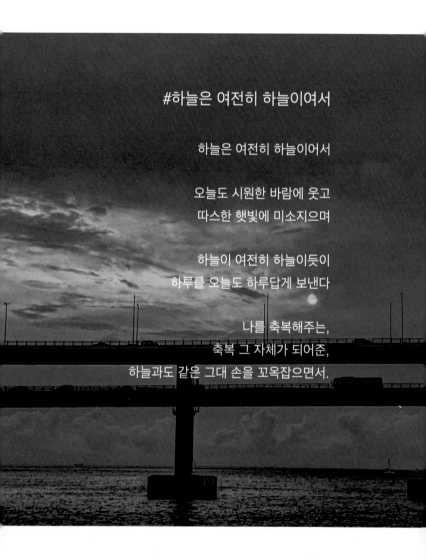

#하늘은 여전히 하늘이여서

하늘은 여전히 하늘이어서

오늘도 시원한 바람에 웃고
따스한 햇빛에 미소지으며

하늘이 여전히 하늘이듯이
하루를 오늘도 하루답게 보낸다

나를 축복해주는,
축복 그 자체가 되어준,
하늘과도 같은 그대 손을 꼬옥잡으면서.

#유일한 이유

오늘을 사는 이유가
흐려질수록 하루가 희미해지고
뚜렷해질수록 그 의미가 짙어졌다.

여러 이유 중에서도
내가 너의 이유가 되었다는 걸 들었을 때,

너는 나의
유일한 삶의 이유가 되었다.

#수풀 속에서

울창한 수풀을 가만히 들여다보면
비교적 허전한 부분이 드러난다

마치 내 시선을 기다렸다는듯이,
여기에 내려놓아도 된다는듯이,

나를 향해 열려 있었고,
포근함으로 가득했다.

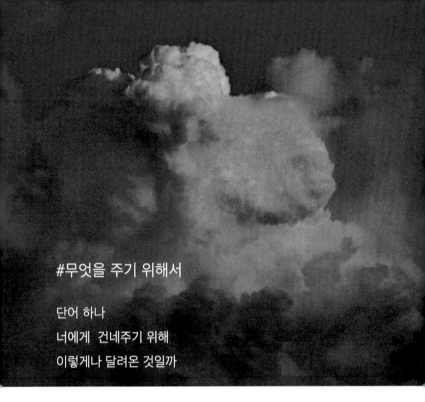

#무엇을 주기 위해서

단어 하나
너에게 건네주기 위해
이렇게나 달려온 것일까

눈빛 아주 조금
너에게 전달하기 위해
기나긴 대화를 이어온 것일까

무엇을 주기 위해서
우리는 지금껏 함께 했을까

의미 없는 세 글자
서로에게 어떤 의미인지
깨달아 누리기 위해서 일까

#영원한 계절

너와 함께 꽃을 구경하고
해변을 거닐어보기도 하고
.

단풍길 바스락거리는 소리를 즐기기도 하고
한없이 차가운 바람을 뚫고 지나가기도 했다.
.

우리가 함께할 때 계절은 이야기가 되었고,
우리의 이야기는 영원한 계절이 되었다.
.

그렇게 자연스러운 네 모습 그대로
오래토록. 변함없이. 아름답기를.

#물음표

멀리서 누군가의 인생을 볼 때
느낌표만 가득했다

그런데 가까이서 보니
무수히 많은 물음표가 있었다.

직선일 줄 알았는데
너도 나도 구부러져 있었다.

#괜찮아 같이 가자

나의 버릇을 비로소 마주하기까지,
일하는 내 모습을 제대로 알기까지,
네 마음을 몰라주었던 못난 내 모습을 알기까지도
오래 걸렸지.

하물며 너겠어.

괜찮아.

같이 발걸음 맞추며 나아가자.

#하나밖에 없는

너는, 그리고 나와 우리는
여러 톱니바퀴 중 하나이다

그래서 네가 없이는
우리도 우리답지 못하고,
우리의 시간은 거기서 멈춘다.

오늘도 달린다.
너를 위해. 우리를 위해.

chapter 3

보이지 않는 것들에 대하여

위로

#괜찮아

"괜찮아"

세 글자에 다 담을 수가 없는
그 하나하나가

소리를 잃고

갈 길을 잃고

기댈 구석 없이 방황한다.

그래서

한 글자는 한쪽 귀에 담고
다른 한 글자는 반대편 귀에 담으며
마지막 한 글자, 그리고 그 너머에 있는 것들은

내 마음 속에.

#여기 두고 가요

무거운 마음
저에게 내려 놓아도 돼요

혼자 짊어지기 무거우니
두 귀를 활짝 열어 둘게요

나비가 두 날개 펼쳐서
가벼운 마음으로 날아 오르듯

여기 두고 가요

#바보

사진을 계속 읽어보고
편지를 계속 감상한다

추억을 계속 만져보고
선물을 계속 회상한다

이런 바보가 되기까지
바보처럼 바라보자니

그저

모든 게 좋다.

#선명

눈물.
하나가 떨어지자
또 다른 하나도 깨어진다.

네 눈에 있는 나는 흐려지지만.
네 속에 있는 나는,

그렇다.

여전히 온 세상이 흐려도
너가 나에게 그러한 것처럼

네 속에 있는 나는
변함없이 그러할 것이다.

#보이지 않아도

길이 없어도
두 다리가 있습니다

보이지 않아도
기대하며 상상할 수 있습니다

아무 것도 없어도
생기가 저를 향해 다가오며
저를 통해 만물에게로 나아갑니다

그렇게 숨 쉬고
그렇게 살아갑니다

#그때 나에게

그리 대단한 게 없었던,

그저 오늘도
무사히 지나기길 바랐던,
여러 관계에 치여서 힘들었던,

그때 나에게
말해주고 싶었다.

그래도 사랑한다고

#오늘도 어김없이

터벅터벅
터벅터벅

오늘도, 어김없이

터벅터벅
터벅터벅

무력한 발소리만
공허하게 울려퍼진다

똑 똑

똑

참고 참았는데
결국 터지고, 흘러나와, 울려퍼진
다

똑 똑 똑

다시금 들어보니 다른 소리도 들린
다

또각또각

그리고

토닥토닥

#여기 빈 방에서 쉬어가

담아주기 위해

오늘도 비워낸다

들어주기 위해

오늘도 자리를 마련한다

한켠으로 밀어내고

얼마나 힘들었는지

그래서 어떤 심정이었는지

가득 담는다.

정작, 내 마음은

머리 둘 곳 없어졌는데도

지친 영혼이 쉬어갈 수 있도록.

#밤이 되어줄게

괜찮아

나는 사라지는 게 아니라

잠깐, 아주 잠깐 빛바랠 뿐이야

괜찮아

네 곁을 떠나는 게 아니라

조금, 아주 조금만 거리를 둘 뿐이야

괜찮아

분명히 괜찮을거야

내가 너에게 어둔 밤이 될테니

너는 이제 나에게 별이 될거야

#물들지 않아도

가을이 아름다운 이유는
아직 물들지 않아도 괜찮기 때문이고,

혼자 뒤처졌다고 생각하는
무수히 많은 잎사귀도 가을이기 때문이다.

아직 여름처럼 새초롬하고
아직 봄처럼 샛노랗더라도

이미

아름답다

chapter 4

보이지 않는 것들에 대하여

사랑

#근심 삭제

요즘 날 차가워졌던데
너 있는 곳 더 추운건 아닐지

그곳 날씨 확인했더니
가을이 삭제되었던데
행여나 감기 걸릴 건 아닐지

걱정하는 맘 담아 문자 보낸다
염려 묻어두라며 답장오면서

어디서든 나를 향한 햇빛 따스하고
자기를 향한 내 시선 따스하니

어디서든 사그라들지 않는 온정 덕에.

#부모의 사랑

아직 남은 푸르른 것들
더욱 밝은 미래를 위해

여름에서 봄으로, 겨울로
역행해야만 했던, 그 이유

하나의 생명 피어나기 위해
아늑한 봄을 맞이하기 위해

차가운 현실로 출근해서
따스한 집으로 퇴근한다

#함께할 수 없어도

함께할 수 없어도 괜찮다

둘 사이 떨어져 있는 거리
그 차이 한번 더 느끼면서

멀리서, 더욱 더 멀리서도

너의 웃음 곧 내 기쁨이고
너의 슬픔 곧 내 눈물이니

함께할 수 없어도 괜찮고
영원할 수 없어도 괜찮다

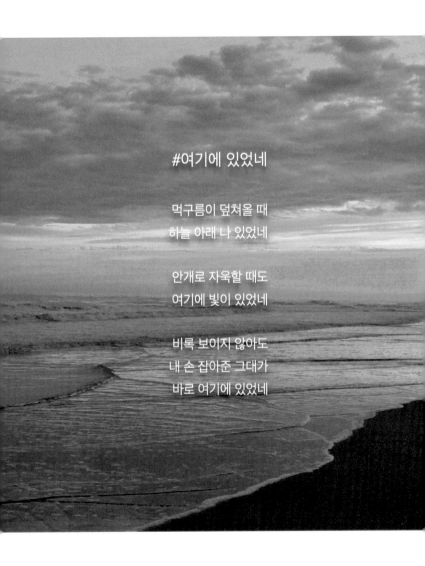

#여기에 있었네

먹구름이 덮쳐올 때
하늘 아래 나 있었네

안개로 자욱할 때도
여기에 빛이 있었네

비록 보이지 않아도
내 손 잡아준 그대가
바로 여기에 있었네

#사랑합니다 감사합니다

"밥 먹었어?"

이 말의 뜻을 알게 되었을 때는

날 위해 차려놓은 밥이
이미 식어버린 이후였다

#사랑 그 능력

너를 만나기 위해 새벽 일찍 일어나고,
너에게 감동을 주기 위해 해보지 않은 걸 해 보고,

너를 웃기기 위해 나를 더 내려놓고,
너를 힘들게 했던 버릇대신 새로운 습관을 들이며

그렇게 사랑은,
너와 나를 위한 능력이 되어간다.

#인연

늘 오기만을 바랐는데
찾아가 만날 사람이 생겼고,

끊임없는 연약함 속에 울기만 했는데
약함을 안아주는 연이 되었다.

그렇게 '인연'이 되어간다

#보이지 않게 보이는 것들

빈 잔에 남은 향 다시 맡아보니
이 순간에 담긴 맘 아직 남아있다

보이지 않아도 사라지지 않았고
사라진 듯했어도 생생히 느껴졌다

만질 수 없지만 보이고
볼 수도 없지만 느껴지는

햇빛처럼 내리쬐는 너의 시선
그 따스함 못지 않은 너의 온정

#이제는 그 소리에

바스락거리는 소리에
깨어 일어나 고개를 듭니다

또 바스락거리는 소리에
둘러보고 또 둘러보지만

없습니다.
찾고 찾아도 보이질 않습니다.

또다시 바스락거리는 소리에
이제는 두 눈을 감으며 바라봅니다.

보이지 않아도, 만져지지 않아도
이제는 마음으로 경청합니다.

나에게 다가오는 그대를
온 맘 다해서 경청합니다.

#한 사람 되어줄게

"어두운 밤 하늘에 있는 별이 이뻐"
라고 말해주는 사람이라기보다

오늘 네가 나에게 별이었다는 걸
비춰주는 한 사람 되어주고 싶어

영화의 명대사 같은 예쁜 말 못 해줘도
나는 오늘, 두 귀로 소중하다고 말할래

보이지 않는 것들에 대하여

발행일 ｜ 2023년 1월 31일

지은이 ｜ 박병호
펴낸이 ｜ 마형민
기 획 ｜ 윤재연
편 집 ｜ 임수안
펴낸곳 ｜ (주)페스트북
주 소 ｜ 경기도 안양시 안양판교로 20
홈페이지 ｜ festbook.co.kr

ISBN 979-11-6929-188-0 03810
값 10,000원

* (주)페스트북은 '작가중심주의'를 고수합니다. 누구나 인생의 새로운 챕터를 쓰도록 돕습니다. Creative@festbook.co.kr로 자신만의 목소리를 보내주세요.